DU MÊME AUTEUR

VINGT ANNÉES DE PARIS

Avec une Préface

PAR

ALPHONSE DAUDET

In-18 illustré du portrait de GILL et de charges

PRIX : 3 FR. 50

PARIS. — IMP. C. MARPON ET E. FLAMMARION, RUE RACINE, 26.

LA MUSE A BIBI

LA MUSE

A BIBI

PAR A. GILL

PARIS

C. MARPON ET E. FLAMMARION

ÉDITEURS

1 A 7, GALERIES DE L'ODÉON, ET RUE RACINE, 26

PRÉFACES AU CHOIX

Celui qui a écrit ce livre n'existe pas. C'est-à-dire qu'il se manifeste partout : Partout, nulle part; nulle part et en tout. Tout est rien; rien est tout : Toutou. Pauvre chien!

Il offre ce livre au public. Pourquoi?

Pour rien. Rien du tout. C'est son genre. Genre humain, masculin; disons mieux : genre divin. Genres égaux : tous deux créent. Différence : quotité, quantité : même qualité. Disons encore : nullité. Nullité partout, dans tout, et surtout en celui qui est tout. Je coupe : Atout!

LUI

Ce livre est de moi ou il ne sera pas. S'il est de moi, c'est un document : document multiple, assemblage de documents à moi. Mais pas d'idéal! Je hais l'idéal, moi, comme j'honore le document; et je guéris de l'un, par l'autre. Document, médicament; c'est ma rime unique, à moi, et je reviens au document.

J'ai connu une vieille femme, très vieille, très laide, très sale et toujours soûle, qui vivait avec un chat, et disait ingénuement : Mon chat me suit pas-t-à-pas.

Cette femme laide, vieille, sale, soûle et inutile avait un furoncle à la fesse droite.

Voilà un document!

MOI

EXHORTATION

Muse, il faut être de son temps
Ou n'être pas. La poésie
Des vieux pontifes est moisie;
Les vers pompeux sont embêtants.

Voilà tantôt six mille années
Que tu vagis les mêmes sons,
O Rabacheuse ! Tes chansons
Sont-elles assez surannées !

Que si tu ne veux pas finir
Change à tout le moins de manière;
Sors de ton éternelle ornière,
Et marche « un pied dans l'avenir. »

Pour qu'on entende tes harangues,
Braille-les dans l'argot du jour ;
Pourquoi pas? Tu dois tour à tour
Débagouler toutes les langues :

Tu parlas grec, hébreu, latin,
Chinois ; eh ! bien, parle bigorne !
Au lieu de cet œil terne et morne,
Allume un quinquet de Catin.

Envoie aux ronces tous les voiles,
Envoie au diable la pudeur,
Et n'assomme plus ton lecteur
Avec des fleurs et des étoiles.

Chemin faisant, si le banal
Amour du lyrisme t'obsède,
Tu t'offriras un intermède
Niaisement sentimental.

Mais aussitôt reprends la route
A la mode. Allons, houste! il faut
Cogner dur et blaguer très haut,
Si tu tiens à ce qu'on t'écoute.

Les mots rigolbocheurs, épars
De tout côté dans le langage,
Attrappe-les pour ton usage,
Et crûment dévide le jars.

As-tu fini d'être bégueule?
Assez d'azur, de sacrés monts ;
Pour qu'on t'entende, à plains poumons
Lance, Muse, un bon coup de gueule!

OUVERTURE

LE PAILLASSON

Je m'fais pas plus marioll' qu'un aut'e ;
L'Emp'reur l'était, mon père autant ;
C'est d'nature : on a ça dans l'sang...
J'suis paillasson ! C'est pas d'ma faute.

Paillasson, quoi ! cœur d'artichaut.
C'est mon genre : un'feuill' pour tout l'monde.
Au jour d'aujourd'hui, j'gob' la blonde ;
Après-d'main, c'est la brun' qu'i m'faut.

L'une après l'aut', — en camarade, —
C'est rupin. Mais l'collag', bon dieu !
Toujours la mêm' chauffeus' de pieu !
M'en parlez pas : ça m'rend malade.

A c'fourbis-là, mon vieux garçon,
— Qu'vous m'direz, — on n'fait pas fortune,
Faut un' marmite, — et n'en faut qu'une ;
Y a pas d'fix' pour un paillasson.

Tant pir' pour moi ; j'suis trop artisse,
Trop volag' pour signer des bails ;
Je m'dégoût' des plus beaux travails :
Sans ça j'm'aurais mis d'la police.

C'est d'nature, on a ça dans l'sang :
J'suis paillasson ! c'est pas d'ma faute,
Je m'fais pas plus marioll' qu'un aut'e :
Mon pèr' l'était ; l'Emp'reur autant !

2

CARREFOUR

Carrefour de l'Observatoire,
Un danseur de corde, devant
Les badauds, exerce en plein vent
Sa verve funambulatoire.

Son maillot rose est pailleté
De sequins et d'astérioles ;
On croit voir, dans ses cabrioles,
Un lapin sans trêve sauté.

Il saute, danse, pirouette,
Touche la corde et rebondit,
Culbute, exulte, resplendit,
Vertigineuse silhouette.

Aussi les passants, les flâneurs,
Marchands de coco, culs-de-jatte,
Tous s'arrêtent, bouche béate ;
Et, les yeux grisés de lueurs,

Nourrice, voyou, militaire,
S'entredisent : quel caoutchouc !
C'est plus fort que la soupe au chou !
Chacun selon son caractère.

Tout son corps vibre comme un luth,
Hystérique amoureux du vide
Il verse sur la foule avide
L'effluve de ses nerfs en rut.

C'est un triomphe où rien ne manque;
Et Bullier, par-dessus le mur
De son jardin, voit dans l'azur
Bondir le léger saltimbanque.

Le marchand de gaufres, tenté
Par cet enchanteur élastique,
Accourt, laissant là sa boutique.
Les fiacres ont l'air hébété.

De l'autre côté de la place,
Le maréchal Ney, pur airain,
Se hausse, risque un tour de rein
Pour suivre des yeux dans l'espace

Le fier et brillant tourbillon
D'or, de soie et de fantaisie,
Qu'un souffle ardent de poésie
Emporte comme un papillon.

Et dans le cercle où l'on s'écrase,
Un croque-mort, entré pour voir,
Immobile, muet et noir,
Semble une araignée en extase.

FILLETTES

I.

Rien n'est plus rigolo que les petites filles,
A Paris. Observer leurs mines, c'est divin.
A dix, douze ans ce sont déjà de fort gentilles
Drôlesses, qui vous ont du vice comme à vingt.

Elles savent montrer en riant leurs dents blanches;
De précoces désirs font tressaillir leur chair.
Elles vont dans la rue, en tortillant des hanches,
Perverses, la prunelle au guet, le nez en l'air.

Et c'est coquet, et ça vous dévisage un homme
Du haut en bas, avec un regard polisson.
Ah ! ces gamines... c'est tout de suite grand comme
La botte, et c'est déjà — *fille* — comme chausson.

II

Comme jusqu'à ce jour, elles ont, pauvres chattes,
Vécu de fruits pas mûrs et de saucisses plates,
Elles trouvent que c'est canulant. — Vous savez,
On se lasse. — Elles vont, trottant sur les pavés.
— Or, quelqu'un les remarque et se met à les suivre.
L'espoir de voir finir la dèche les enivre :
Leur pas se ralentit, d'instinct, sans faire exprès...
Le monsieur est bien mis et fume des londrès,
Tandis que leurs premiers amants fumaient la pipe.
Elle tournent la tête, et, jetant sur ce type,
Par dessus leur épaule, un regard curieux,
Songent : « Oh ! si c'était un miché sérieux ! »

LA CRÈMERIE

La crèmerie, où, tous les matins, je déjeune
Pour douze sous, a dans sa clientèle un jeune
Et turbulent essaim d'ouvrières. — Printemps!
Aurore! beauté! grâce ineffable! — Vingt ans
Est l'âge de la plus vieille de ces fillettes.
Toutes, dans le casier elles ont leurs serviettes;
Et c'est avec un ton qui sent bien son Paris
Que vous les entendrez commander « Deux de riz! »
Quand un consommateur entre, ces demoiselles
Le dévisagent, puis chuchotent bas entre elles,
Et l'on voit, dans le vol des rires étouffés,
Trembler sur leurs cous leurs cheveux ébouriffés.
— C'est un spectacle auquel les yeux les plus moroses
S'éclairent, que ce lait mouillant ces museaux roses;
Et c'est pourquoi toujours pour déjeuner je vais
Dans cet endroit, où tous les plats sont bien mauvais.

CROQUIS

I

La scène est dans un bal de la barrière. Alphonse
Entre, coiffé de sa casquette, — qu'il enfonce
Très peu, pour ne pas nuire à ses accroche-cœurs.
Les garces, sous le feu de ses regards vainqueurs,
Tressaillent. Mais il est rejoint par sa maîtresse,
Qui le contemple avec des yeux pleins de tendresse,
Heureuse que son homme ait l'air si comme il faut.
Ils s'attablent. On leur sert un bol de vin chaud.
Et l'homme liche, et dit à sa largue : « Allons paye,
Et tu me passeras ensuite la monnaie. »

II

Insouciant, encor qu'il ait le ventre creux,
Un vieux pauvre, à travers la foule des heureux
Promène ses haillons immondes par les rues
Des quartiers chics. — Passant auprès de lui, les grues
Se détournent. — Il rôde autour des beaux cafés
Où boivent les gommeux, ineptement coiffés,
A la porte des grands hôtels, autour des gares,
Il ramasse des bouts, mordillés, de cigares,
Les met dans sa profonde, et, tout en baladant,
— S'il ne dégotte rien à foutre sous sa dent,
Pas même un croûton sale et flairé des caniches, —
Trompe sa faim avec les bons mégots des riches.

POUR LA BLANCHISSEUSE

Blanchisseuse aux robustes hanches,
Quand avril, sur le ciel léger,
Fait les nuages voltiger
En délicates avalanches,

J'imagine les choses blanches
Qu'après la lessive, au verger,
Tes petites mains font neiger
Sur les cordes et sur les branches,

Et que jaloux de copier
Jusqu'aux détails de ton métier,
Fille exquise, le ciel te singe ;

Et je songe en riant : Parbleu !
Voici qu'aux bords du pays bleu
Les anges font sécher leur linge.

PAUVRESSE PAROISSIALE

Elle est là tout le jour, incrustée au pilier
Du grand portail, son gueux sous sa noire guenille ;
Et, repliée en boule ainsi qu'une chenille,
Elle geint, sur un ton plaintif et régulier,

Son antienne aux dévots qui montent l'escalier.
Parfois elle interrompt, son œil clos s'escarquille :
Elle menace un chien du bout de sa béquille ;
Puis, dolente reprend son refrain familier.

Oh ! comme elle déplore à présent la folie
Qu'elle a faite autrefois, lorsqu'elle était jolie,
De suivre un laïque. Oh ! si c'était aujourd'hui !

S'il pouvait revenir, le bel âge où, pucelle,
Bonne de Monseigneur, elle habitait chez lui :
— Quant tout l'archevêché brûlait d'amour pour elle !

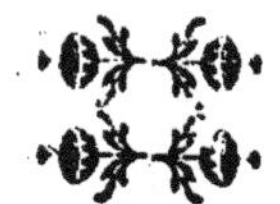

LE CASQUE

Minuit, l'hiver, en carnaval;
Une femme dehors. Il neige :
Un tourbillon blanc fait cortége
A la passante... Elle entre au bal;

Et, frissonnante, elle dépose
Au vestiaire son manchon
Avec sa mante à capuchon;
Alors on voit son museau rose :

Exquis!... le reste à l'avenant,
De la perruque à la bottine,
S'épanouit et se mutine
En un costume surprenant

Dont le système synthétique
A pour base un maillot tendu,
Avec le sens très entendu,
Des ressources de la plastique;

Puis des gants, une écharpe, un bout
De dentelle; peut-être encore
Un nœud de ruban qui décore
Les bons endroits, et puis... c'est tout.

Et c'est bien ! Le seul point qui cloche
Est la coiffure que le vent
A défaite un peu par devant.
Pour réparer cette anicroche,

La belle en vain cherche des yeux
Un miroir dans le vestibule...
Pas l'ombre d'un. — C'est ridicule !
Alors, d'un air très anxieux,

Elle parle à la sentinelle
De planton ; ce municipal
Toujours pareil à chaque bal,
Comme au refrain la ritournelle.

Et l'on voit soudain le guerrier,
Pour complaire au séduisant masque,
Sourire, soulever son casque,
Et sur son torse l'appuyer ;

En sorte que l'espiègle fille,
En ce miroir improvisé,
Répare son chef défrisé
Au nez du héros dont l'œil brille,

— Car on sait le tempérament
Du soldat français, même corse :
Un cœur bat sous sa rude écorce. —
Et tandis que coquettement

Elle inspecte à loisir ses charmes,
Le cimier de l'autorité
Frémit — hommage à la beauté —
Entre les gants de l'homme d'armes.

A TOI, VICOMTE

Joli gommeux, ne rêves-tu
Pas, les soirs de Cirque, à cet ange
Qui fait valser — quel art étrange!
Un gros cheval gaîment vêtu ?

Offre-lui l'hommage impromptu
De cinq louis, — faut qu'elle mange! —
Et, sur-le-champ, cueille en échange
Les pétales de sa vertu.

Vas-y ! L'affaire est bonne. Cède
A ton désir : Elle possède,
— *Fortuna te juvat, audax !* —

Autant que toi, le savoir-vivre,
Et, panachée oppoponax,
L'odeur de crottin qui t'enivre!

NOCTURNE

Bon sens d'bon Dieu ! fait-i' un vent !
J'fais pas quat' pas l'un l'aut'e d'vant.

J'arriv'rai jamai' à Montrouge.
Qué sal' vent ! C'est pas c'que j'ai bu :
J'ai rien bu ; ça m'est défendu ;
J'peux boir' qu'avec Alphonse l'Rouge.

Zinguer tout seul, c'est pas mon blo'
Qui ça ? Joseph el' machinisse,
Un homme d'théât', un artisse,
Boir' tout seul ? — Oh ! la la. — Tableau !

Tiens ! Pig's-tu la lun' qui s'ballade ?
Qué qu'a boit donc, c'te bourriqu'-là
Pour avoir la gueul' blanch' comme ça ?
Y a pas d'bon sens ; vrai, qué panade !

Si j'y payais un lit' ! — Tableau !...
Un peu plus longue, un peu moins ca'me,
On dirait la gueule à ma femme ;
C'est tout craché... sauf el' bandeau

Qu'a s'coll' chaqu' fois su' l'coin d'la hure
Après qu'nous nous somm's expliqués.
C'est pas qu'j'aim' y taper dans l'nez ;
J'haï ça ; c'est cont' ma nature.

Mais pourquoi qu'a m'fait des ch'veux gris ?
Faudrait qu'j'y fout' l'argent d'mes s'maines.
J'ai beau y coller des châtai'nes,
A r'pique au tas tous les sam'dis.

Qu'a pleur', qu'a rigol'; c'est tout comme ;
Sûr ! j'y foutrai pas un radis.
« T'as qu'à turbiner, comm' j'y dis,
« J'travaill' ben, moi qui suis un homme ! »

« J'trouv' pas d'ouvrag' » qu'all' me répond.
Et puis tous les ans c'est un gosse ;
Qué pondeuse ! En v'la d'un négoce,
C'est épatant ! A pond ! a pond !

J'en ai mon sac, moi, d'mon épouse ;
Mince d'crampon ; j'y trouv' des ch'veux,
C'est rien de l'dire. C'que j'me fait vieux !
Par là-d'sus madame est jalouse !

Il chante :

« Je n'ai gardé dans mon malheur
« Que la moitié d'une hirondelle... »
En v'la n'encor' d'un' ritournelle :
Delphin' jalous' ! — Tais-toi, mon cœur !...

Trois heur's qui sonn'nt ! Faut que j'rapplique
S'rait pas trop tôt qué j'pionce un brin ;
C'que j'vas m'fout' un coup d'traversin !
Bonsoir. A d'main la politique.

Où donc que j'suis ? Par où que j'vas ?
Tableau du coup qu'Joseph s'égare !...
V'la l'Pont-Neuf, j'parie un cigare ;
C'est que l'Pont-Neuf ; j'arriv'rai pas !

Chauffons l'train ! hu' la grand'vitesse !...
. . . .
Tiens ! quoi donc que j'dégott' dans l'noir,
Qu'est à g'noux, là-bas su' l'trottoir ?
Eh ! ben, là-bas, eh ! la gonzesse,

On grimp'pas su' les parapets !
Attends ! attends ! j'y vas... Cré galo !
Pigé, j'te tiens ! Dit's donc, c'est farce
Tout d'même ; en v'la des moulinets !

Vous comprenez la rigolade,
Vous, la p'tit' mèr'; vrai, qué potin !
C'est donc marioll', c'est donc rupin
De s'plaquer dans la limonade ?

Pourquoi ? Peut-êt' pour un salaud ;
Pour un prop'à rien, pour un' pant'e ?
Malheur !... Tiens, vous prenez du vent'e.
Ah ! bon, chaleur ! J'comprends l'tableau !

On s'a fait arrondir el'globe,
On a sa p'tit' butte, à c'que' vois...
Eh ! ben, ça prouv' qu'on n'est pas d'bois ;
A m'va, c'te môm'-là ; tiens ! j'te gobe.

Faut y donner l'jour, à c'gamin ;
Maint'nant qu'y est, faut pas l'défaire;
J'l'adop' d'abord; j'y sers de père;
Vrai ! j'ladop' jusqu'à d'main matin.

Allons, ho! fais-moi voir ta pomme;
Rapplique un peu sous-l'bec ed'gaz
J'te gob'; faut profiter de l'occas'
Y' a pas d'erreur, va; j'suis un homme,

Un chouett', un zig, un rigolo.
Fait donc voir ça ; bon ! v'là qu'a pleure...
Tu f'rais pas tant l'étroite à c't'heure
Si j'aurais laissé t'fout' dans l'eau.

. . . .

Allons ! bon, c'est ma femme' ! — Tableau !

INTERMÈDE

ANERIES SENTIMENTALES

3.

Les hommes de ma race ont la puissante épaule
Et le muscle vainqueur, de longs yeux puérils,
Où l'éclair s'alanguit en l'épaisseur des cils,
Et l'orgueil de jouer sur terre un vaillant rôle.

Leur chevelure, ainsi que la feuille du saule,
Est abondante ; ils ont le dédain des périls,
Le front haut, et leur lèvre aux sourires subtils
Arbore le poil roux des guerriers de la Gaule.

Ainsi faits cependant, aventureux et forts,
Un grand nombre d'entre eux avant l'âge sont morts...
Ils ont devant la femme une âme de colombe,

Ardente, inconsolable, et faite pour souffrir.
Des blessures du cœur ils ne peuvent guérir ;
Et c'est pourquoi l'Amour ouvre souvent leur tombe.

DÉCLARATION

Avec ton front d'airain, l'inflexible courbure
De tes sourcils, tes seins aigus, le tour puissant
De ta hanche charnue, avec la fleur de sang
Dont l'orgueil épaissit ta lèvre rouge et dure.

Avec tant de beauté, froide comme une armure,
Tu dois te révéler, — mon instinct le pressent, —
Pour l'homme qu'à genoux t'amène frémissant
L'Amour, comme une sotte et rude créature.

Il n'importe ! Prends moi. Prends, déchire ce cœur
Affolé de ta chair. Je resterai vainqueur
Si mon génie au feu du martyre s'allume.

Quand tu m'auras quitté, peut-être, un jour, j'aurai
Le mot de la Douleur. Alors je l'écrirai,
— Et j'oublirai quelle oie aura fourni la plume.

SONNET SUR LE MIRLITON

Belle, vous demandez mon âge.
Il faut satisfaire à ce vœu,
Et, quelque dur que soit l'aveu,
Dire le chiffre avec courage :

Douze heures. Mon Dieu, oui. — Parbleu !
Vous m'auriez donné davantage,
Vous interrogez mon visage
Et vous semblez douter un peu.

Songe pourtant que l'instant même
Où ta bouche m'a dit : « je t'aime »
Vit naître mon plus cher amour,

L'amour qui date l'existence.
C'était hier ; En conséquence,
Je n'ai pas vécu plus d'un jour.

Dire que j'aime cette gueuse !...
Elle a seize ans, la malheureuse,
Et deux yeux noirs comme l'enfer,
Deux yeux de froide charmeresse,
Où jamais pitié ni tendresse
N'allumeront le moindre éclair.

Aveugle et stupide nature
Qui la créas pour ma torture,
Pourquoi, dans le marbre idéal
Ayant sculpté sa forme d'ange,
As-tu pétri d'ignoble fange
Le cœur de ce monstre fatal ?

Ah ! pourquoi l'ai-je rencontrée ?
Comment l'ai-je tant adorée ?...
Elle a détruit tout mon orgueil.
Elle a jeté sur toutes choses,
L'Amour, les bois, l'Art et les roses,
Le voile d'un immense deuil.

Voilà près d'un an que la fièvre
Brûle mon sang, sèche ma lèvre
La douleur a tordu mes nerfs ;
J'ai sangloté, j'ai crié grâce :
Rien n'a tressailli sur sa face,
Rien n'a troublé ses yeux pervers.

Que de fois j'ai senti, farouche,
Pour un mot cruel de sa bouche
La sœur d'angoisse m'envahir,
Le cœur comme un marteau de forge
Me sauter jusque dans la gorge...
Comme je devrais la haïr !

Je l'aime ! Chaque heure à mesure
Fait plus profonde ma blessure
Et mon front plus désespéré,
Et je n'y puis rien et je souffre
Et je suis tout au fond du gouffre...
Oh ! cet hiver, je la tuerai !

Alors son âme empoisonnée
S'en ira par la cheminée
S'éparpiller dans les vapeurs
Qui flottent sur Paris infâme,
Puis, dans le corps d'une autre femme
Un jour torturer d'autres cœurs.

Et moi, fou de l'avoir perdue,
Près de mon idole étendue,
Couché pour mourir à mon tour,
La bouche sur sa bouche pâle,
J'étoufferai son dernier râle
Dans un dernier sanglot d'amour !

SUR LA FALAISE

L'air était frais, l'herbe fleurie ;
J'avais au bras ma jeune amie ;
Je la conduisais voir la mer.
Dans le passé parfois amer
C'est un doux moment de ma vie.

Je la guidais, grave et joyeux,
Un mouchoir noué sur ses yeux,
Le rire à sa bouche de fraise,
Vers le sommet de la falaise.
L'aurore montait dans les cieux.

Au bord du roc nous arrivâmes.
A l'horizon rouge de flammes
Le soleil surgissait ; en bas
Une barque de pêche, au ras
Des flots, chantait son chant de rames.

Éparpillés en tourbillons,
Dans les rayons, les papillons
Passaient, voltigeantes étoiles.
Sur l'Océan, l'essaim des voiles
Traçait d'étincelants sillons.

Nous étions là, seuls sous la nue,
Tremblants d'une ivresse inconnue ;
Et soudain, levant le bandeau
Qui voilait encor le tableau
Sublime à l'enfant ingénue,

Je lui dis : regarde, voilà
La mer... Une larme trembla
Dans ses yeux rêveurs en silence,
Et tomba dans le gouffre immense.

Il me doit cette perle-là.

RIMES POUR MON CHIEN

Pauvre toutou, petit chien blanc
Qui geins et qui cherches sans cesse
Depuis que ta blonde maîtresse
Fit notre deuil en s'en allant.

Cesse d'errer l'oreille basse;
Assez de regrets superflus.
Celle qu'on aimait ne vient plus;
C'est la loi du monde : tout passe !

Ainsi tes bonds, tes cris joyeux,
Les longs baisers, les gaîtés folles,
Et la chanson de ses paroles
Et le mirage de ses yeux,

Sa main souple en tes flancs de soie
Se jouant amoureusement,
Tout ce badinage charmant
Qui de ta chair faisait la joie,

Il n'y faut plus songer... Voilà
La fin du jour; le ciel est sombre;
A l'heure de rentrer dans l'ombre
Il faut oublier tout cela !...

Logis muet, porte fermée.
Étends-toi près du morne feu
Dans les plis de ce peignoir bleu
Qui garde son odeur aimée;

Et dors, mon chien, dors jusqu'au jour.
Qu'un rêve consolant t'enchante!
Oublie, en dormant, la méchante,
Et qu'avant d'avoir son amour,

Ton sort avait été bien rude;
Et que l'on souffre d'autant plus
Des espoirs, des bonheurs perdus
Qu'on en avait moins l'habitude,

Qu'un poison naît souvent des fleurs,
Qu'elle était rose, la jolie !...
Et si rien n'éteint ta folie,
Si tu ne peux oublier, meurs!...

Ou plutôt reprends ta nature
Espiègle; nargue cet ennui
Cruel, mais qui n'est aujourd'hui,
Quelque tourment que l'on endure,

Pour la foule sceptique, rien
Qu'un travers ridicule en somme,
Et sois courageux comme un homme
Puisque je pleure comme un chien.

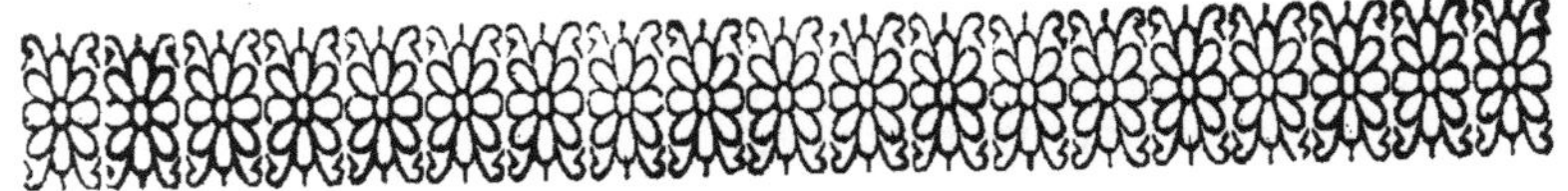

ADIEU

Puisque je n'ai pas su charmer ton jeune esprit,
Puisque j'ai vainement voulu tout une année
Au fil d'or de tes jours lier ma destinée,
Puisque pour moi l'Espoir est à jamais proscrit ;

Laisse-moi vieillir seul à cette heure. Dérobe
A mes yeux pour toujours la splendeur de tes yeux ;
Efface de mon ciel ces astres merveilleux ;
Emporte mes regrets dans les plis de ta robe ;

Adieu ! je t'aime, adieu !... Mais tu n'oublieras pas.
J'ai, pour te rappeler mon âme et mon visage,
Faintainebleau, Meudon, maint autre paysage,
Et le vivant Paris où j'ai guidé tes pas.

Tout m'est complice, tout : la chanson des ramures,
La plainte du pavé, les faubourgs et les bois,
Et la Mer, la géante aux innombrables voix,
Qui te garde mon nom dans ses puissants murmures !...

Donc, tu te souviendras. Tu vivras jusqu'au bout
De ton souffle, écoutant la Terre te redire
Un chant que le premier, moi, je t'appris à lire...
Mais ne regrette rien. — C'est ma faute après tout !

J'ai mal compris, vois-tu, le vœu de ta nature
Ardente et ses élans nerveux, mois qui suis las;
Pour te régénérer, je t'ai glacée, hélas!
Dans une onde d'amour trop profonde et trop pure.

Le verre était trop plein, trop douce la liqueur,
Et ta lèvre trop rouge et trop inassouvie
Du festin décevant et brutal de la vie;
Et j'ai le tort enfin d'avoir traité ton cœur

Comme toi, l'oisillon que, par un matin rose,
Nous trouvâmes tombé du nid sur le chemin,
Qui recueilli, chauffé dans ta petite main,
Pour tes yeux enfantins de tant de pleurs fut cause,

Et qui, fait pour planer sur les champs d'alentour,
Au contraire de ceux dont la race se prive,
Alangui par les soins d'une pitié trop vive,
Mourut dans ton corsage avant la fin du jour.

JEUNES GUEUSES

Elles vont dans Paris. Ce sont les fleurs étranges
Du pavé. Fleurs si tôt pâles! On s'attendrit;
On songe; rien de bon jamais à leur esprit
Ne fut offert. On pleure. On rêve des échanges

D'âmes. Toute pensée impure, on la proscrit;
On veut leur faire éclore au dos des ailes d'anges
Qui les emporteront bien haut, bien loin des fanges.
— J'en sauverai bien une! Erreur : Il est écrit

Que leur instinct, bonhomme, est plus fort que ton rêve.
Celle-là que tu prends dans ta maison, sans trêve
Entendra le ruisseau d'en bas la rappeler.

Elle y redescendra. Sa destinee est telle,
Et tu n'obtiendras rien que de voir s'en aller
Des lambeaux de ton cœur dans la boue avec elle.

IMPRESSIONISME

Je vais parfois revoir, tout seul, un petit coin
Obscur du boulevard Montparnasse, témoin
De mon premier amour pour une « fleurs-et-plumes »
Aux cheveux d'or. C'est dans ce lieu que nous nous [plûmes.]

Aussi me produit-il un effet singulier :
Il me semble que mon âme est comme un clavier,
Et que le doigt furtif du souvenir la frôle.
Pareil au bruit du vent dans les feuilles d'un saule,
Il s'en dégage un son lumineusement doux,
— Une espèce de *la bémol,* qui serait roux.

LE CHAT BOTTÉ

Matou charmant des contes bleus,
Chat, l'unique trésor des gueux,
Chat qu'on adore
En son enfance et que, très vieux,
Pour son langage merveilleux,
On aime encore ;

Chat qui vaut cent fois le cheval
D'Alexandre, chat sans rival
En cabriole,
Angora plus fort qu'un lion,
Dont chaque poil, comme un rayon,
Chauffe et console ;

Chat invisible et toujours là,
Qui se rit de la prison la
Plus cellulaire,
Et dont chaque homme, sous son toit,
Possède, si pauvre qu'il soit,
Un exemplaire...

Ah! qu'il était, mon chat botté,
Luisant d'amour et de gaîté,
Quand, chat d'audace,
Avec des airs exorbitants,
Il précédait mes beaux vingt ans
En criant : Place!

Place au marquis de Carabas;
Ohé! vous tous, là-haut, là-bas,
Place à mon maître!
Admirez, peuples étonnés,
L'homme depuis le bout du nez
Jusqu'à la guêtre;

Avouez qu'il réussira;
Qu'en force, en grâce et cœtera
Il outrepasse
Le droit qu'on a sous le soleil
D'être un chef-d'œuvre sans pareil,
Et faites place!

Et d'abord proclamez, manants,
Que les eaux, les bois et les champs,
Les fleurs nouvelles,
Le ciel, à dater d'aujourd'hui,
Sont à lui, les lauriers à lui,
A lui les belles!

Si vous en doutiez, par malheur,
Vous seriez, — j'en essuie un pleur
Lorsque j'y rêve,
Ma parole de chat botté ! —
Hachés comme chair à pâté,
Hâchés sans trêve...

Ainsi parlait dans ce temps-là
Mon chat en habit de gala,
Mettant flamberge
A tous les vents, frappant d'estoc,
Le verbe haut, le poil en croc,
La queue en cierge.

Au temps où ses bottes de cuir
Neuf lui donnaient, sur l'avenir
Et sur l'espace,
Un crédit presque illimité,
Ainsi parlait mon chat botté...
Hélas ! tout passe.

Le feu des yeux, l'émail des dents,
Les nerfs, le poil, au fil des ans,
Tout passe et casse ;
Et, nu-pattes, navré, perclus,
Mon ancien boute-en-train n'a plus
Que la carcasse.

Adieu jeunesse, jeux et ris,
L'amour, la guerre, adieu souris,
Adieu, minette !
Horizons roses, vers sentiers,
Châteaux en Espagne, paniers,
Vendange est faite.

Or le héros du conte bleu
Garde à présent le coin du feu,
Morne, asthmatique,
Transi, flétri, fini, moisi,
Débotté pour toujours, quasi
Paralytique ;

Et j'ai grand peur à tout moment
De voir mourir d'épuisement
L'ami d'enfance,
Que, pour moins de solennité,
J'appelle ici le chat botté,

Mais qu'on nomme aussi : l'Espérance.

IDYLLE

Décembre 1871.

Madame, j'ai revu, triste et seul, l'autre jour,
Le grand jardin qui fut notre jardin d'amour.

Quel ouragan de haine a soufflé sur les choses !
Morts le soleil, la foi, l'espoir ; mortes les roses.
La terre est rouge au pied des tilleuls dépouillés,
Sous l'herbe grasse encor du sang des fusillés ;
Et la tourmente avec ses plaintes éternelles
Déchaînée, apportant du fond des mers cruelles
Le râle des pontons, fait ce parc plein d'effroi
Plus morose et plus noir qu'un sépulcre de roi.

O cher temps envolé !... Quand, la grille fermée,
Nous allions tous les deux dans l'ombre parfumée,
Seuls maîtres des lilas ; le doux silence... Rien
Que ma voix qui fredonne un menuet ancien,
Et votre jeune rire égréné sous les arbres...
Nous allions, épelant sur la blancheur des marbres
Le nom de quelque reine au profil solennel,
Ou choisissant parfois un astre dans le ciel,
Et puis très curieux, ramenant de la nue
Nos yeux, de retrouver l'étoile devenue
Perle dans l'eau parmi les duvets d'argent fin
Que les cygnes secouent sur l'onde du bassin...

Et puis nous revenions par une allée ombreuse
Où les branches chantaient dans la brise amoureuse,
Attendris, très jaseurs, où, quelquefois, rêvant
Muets sous la tiédeur et les baisers du vent.

« Qui vive ! » nous criait, sentinelle attentive,
L'homme de garde au seuil. J'allais à lui — « qui vive ! »
J'approchais. On voyait s'abaisser le fusil
Tout chargé d'aubépine et de lilas d'avril ;
Car, en ce floréal, chacun eut la pensée
De parer son fusil comme une fiancée.
Hein ! S'il avait fait feu... — je vous causais des peurs,
C'était fini de moi, foudroyé par les fleurs...
Je déclinais mon nom ; la face de misère
De l'homme s'éclairait d'un sourire ; et, légère
A mon bras, vous disiez, rieuse à belles dents :
« Nous sommes en retard ; les oiseaux dorment dans
Les feuilles, au clair de la lune. »

T'en souviens-tu ? C'était du temps de la Commune.

REPRISE DE GUEULE

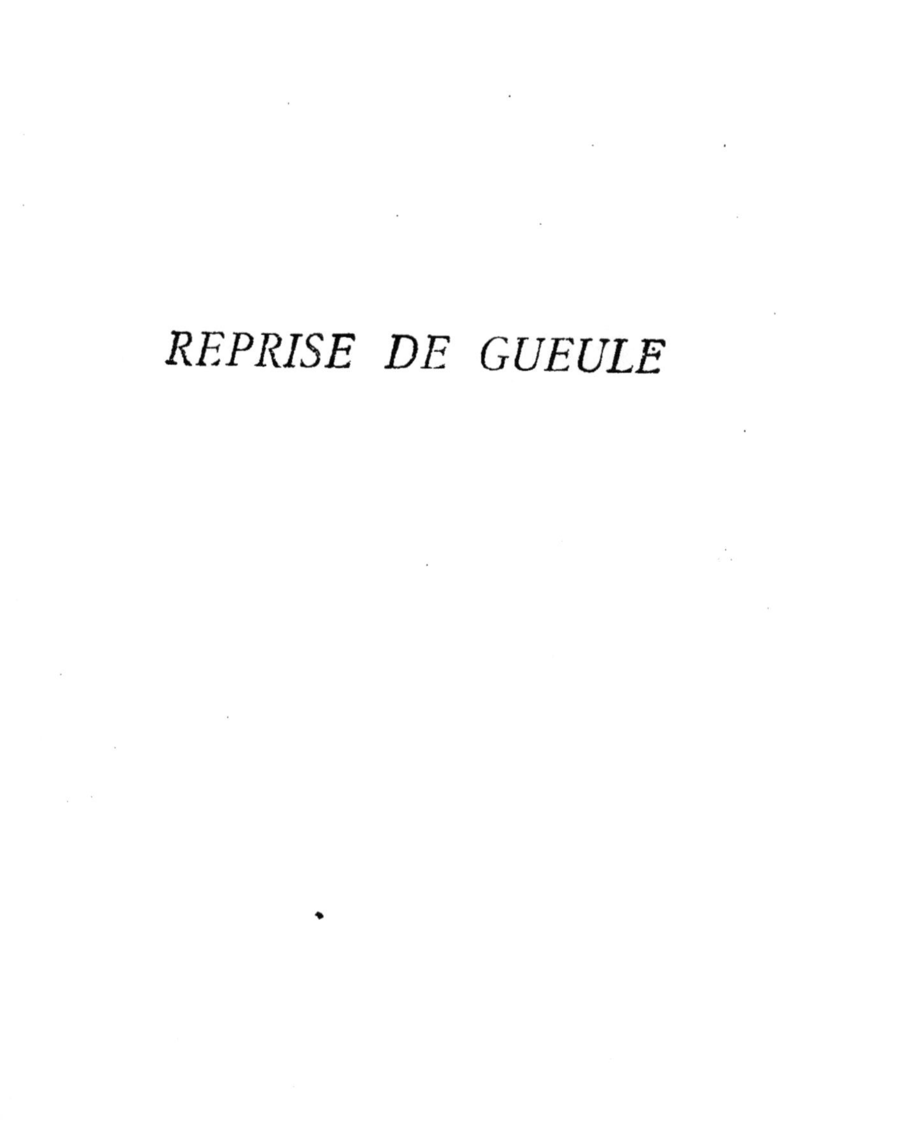

PATERNELLE

Gaston, vous volerez, ce soir, dans votre caisse
Deux millions. Je sais qu'ils y sont.
Eh! bien, qu'est-ce
Et pourquoi ce regard ahuri, mon coco?
Pourquoi rouler des yeux en boules de loto?
Faut-il attribuer votre stupeur profonde
A ma combinaison, la plus simple du monde?
Je vous dis de voler ce soir deux millions
Chez Durand, mon ami, votre patron. Voyons,
N'est-ce pas clair et net? Vous aurez, je l'espère,
A cœur de satisfaire au vœu de votre père.
Ayez l'air moins jobard; reprenez vos esprits;
Vous me remercirez quand vous m'aurez compris.
Vous allez entrer dans votre vingtième année :
Entrez-y de façon hardie et raisonnée,
Moderne!
J'aurais pu vous donner un métier
De rêveur : avocat, ingénieur, bottier,
Architecte, docteur, poète, pis encore;
Mon fils, j'ai mieux compris mon temps, et m'en honore.
Souvent, lorsque petit, rose, gras et vermeil,
Vous dormiez au berceau d'un innocent sommeil,
Je m'inclinais pensif, ainsi que votre mère,
— Ange au ciel à cette heure, ou du moins je l'espère —
Et sur votre avenir échangeant nos avis,

5.

Nous souriions, disant : Il faut que notre fils
Soit très riche, et que, pour acquérir la fortune,
Il ne s'attarde pas sur la route commune
A travailler comme un imbécile.
Voilà
Ce que nous avons dit, Gaston, c'est pour cela
Que je vous épargnai le torrent d'inepties,
Le grec et le latin, toutes les poésies
Dont on bourre les gens pour un résultat nul,
Et que je vous ai fait travailler le calcul,
La comptabilité, la banque, la tenue
Des livres, puis le code; enfin l'heure est venue
De récolter le fruit de mes décisions.
Donc, ce soir, vous prenez lesdits deux millions
Dans la caisse à Durand, votre patron, et comme
Je vous l'ai déjà dit, vous m'apportez la somme,
Et je prends soin de vous la mettre en sûreté.
Par conséquent, demain vous serez arrêté,
Puis condamné, mais par compassion d'un père
Veuf, et Monsieur Lachaud vous défendant, j'espère
Qu'on vous infligera cinq ans, tout au plus dix.
Et j'en souhaite dix pour vous, je vous le dis.
A votre âge, on est d'un entraînement facile,
Et, contre les excès, pas de plus sûr asile
Que la prison. Les gueux qui s'en font un tableau
Lugubre, très souvent vont se jeter à l'eau
Fatigués de misère et pâles de débauche ;
Et c'est la faute d'un préjugé vieux et gauche
Qu'un père affectueux épargne à son enfant
Dans une époque où seul le riche est triomphant.

Ainsi qu'elle défend des pièges de la fille
Et de la politique, un garçon de famille,
Il est, incidemment, certain que la prison,
Tutélaire en cela bien plus que la maison
Paternelle, affranchit de l'état militaire.
En un mot, c'est pour vous une excellente affaire.
Puis, quand vous sortirez, je vous rendrai l'argent
Qu'aura multiplié l'effort intelligent
De l'agiot; j'aurai, je crois, triplé la somme.
Avec six millions, on est un honnête homme
Quand même, et vous pourrez circuler le front haut,
Ayant payé l'impôt des lois. Si quelque sot
Vous accuse d'avoir tressé de la lisière,
On n'y verra qu'envie et propos de misère.
Vos égaux seront là pour répondre : Chansons!
Les beaux souliers vernis annulent les chaussons.
Ainsi faites le coup, mon cher, cueillez les sommes
Susdites. Soyez sûr qu'en ce temps où nous sommes
Fortune vaut honneur et quelque chose avec.
L'argent rive les clous, fascine, clôt le bec.
Toute joie est offerte au riche sur un geste;
Et les gens vertueux se partagent le reste.
Allons! faites le coup, mon cher enfant, je veux,
N'ayant à vous léguer plus tard que mes cheveux,
Vous avoir cependant assuré l'opulence
Par un moyen très simple, à rapide échéance,
Énergique, infaillible, imprévu, sans détours,
Sauvegarde à jamais du pain de vos vieux jours,
Et qui, pour être moins accepté dans l'usage
Est cependant aussi moral qu'un héritage.

LE MOULIN DE LA GALETTE

Tel, au printemps, un vieux miché
Parade en galante toilette,
Tel, en haut des Buttes perché,
Rit le Moulin de la Galette.

De fanfreluches de haut goût
Pavoisant son aile inutile
Au genre de graines qu'il moud,
Il domine l'énorme Ville ;

Et par mille sentiers riants
Regarde, en ribambelles folles,
Accourir ses jeunes clients
De Montmartre et de Batignolles.

C'est le rendez-vous des volants
En tulle rose, des casquettes
A six étages, des bas blancs,
L'assaut des guenilles coquettes.

Un orchestre d'estropiés
Donne le branle à cette foule :
On saute, on s'écrase les pieds,
On chahute, on hurle, on se soûle ;

On se pince le gras des reins;
Les rondes, tournoyant fougueuses,
A perdre haleine vont leurs trains...
C'est le beau temps des jeunes gueuses!

Après la danse, on trouve, autour
Du bal, un choix d'escarpolettes
Pour sécher la sueur d'amour;
On engloutit force galettes...

Et quand un père désolé
Vous allonge une énorme giffle
Au retour, on a rigolé
C'est le principal, — et l'on siffle.

Ainsi jadis ont cavalé
Le tas défunt des Rigolboches
Au bras vainqueur de Bec-Salé
Faisant leurs premières brioches.

De même qu'elles ont été
Là haut, vas-y, graine de garce,
Et tant que reluira l'été,
Pirouette, de farce en farce,

Au moulin qui toujours debout
Précipite, de chute en chute,
Autant de filles dans l'égoût
Qu'il en vient danser sur sa butte.

Mais, les nuits d'hiver, quand le vent,
Déchaîné sur son vieux squelette
Inerte au fond du ciel mouvant,
Secoûra son aile muette,

Ose écouter quelques moments,
Et tu deviendras toute pâle!...
Un bruit lugubre d'ossements
Cliquette emporté dans un râle.

Il semble que Paris en rut,
Après les avoir polluées,
Rejette au lieu de leur début
Les ombres des prostituées,

Et qu'on entende, reins cassés,
Chahuter, parmi la tempête,
Un bastringue de trépassés
Dans le Moulin de la Galette.

LA LEVRETTE ET LE GAMIN

(HISTOIRE PARISIENNE)

Écoutez l'histoir' du gamin,
Du gamin et de la levrette!
L'un demeurait à la Villette;
L'autre habitait faubourg Germain!

C'était une levrette exquise;
Je n'sais plus comment ell' s'app'lait;
Mais c'était la chienn' d'un' marquise,
Qui de la levrett' raffolait.
C'te p'tit' bête était adorée,
Tell'ment qu'aux Tuil'ri's, chaque jour,
On l'envoyait faire un p'tit tour
Avec un larbin en livrée!

Quant au gamin, c'était l'gavroche
Qui parcourt Paris en tous sens,
Et qui, sans peur et sans reproche
Flân', rigole et blagu' les passants,
Or, un jour qu'aux Tuil'ri's (mazette!
Ça se cors' comm' du Montépin !)
Il était planté d'vant l'bassin,
Précisément pass' la levrette...

Contre le goss' levant la patte,
La levrett', — cett' chienn' de salon, —
Avec un' morgu' d'aristocrate
Lui compiss' tout son pantalon.
Le gamin sent l'pipi qui l'mouille,
I s'retourne, i fait du potin...
Mais de la levrett' le larbin
Le trait' de p'tit' gouape et d' fripouille!

L'gamin, jurant de s'venger, file
La bête et l'laquais sans êt'vu...
Jusqu'à leur noble domicile
Il les suit d'loin, à leur insu...
Su' l'pas d'la porte, au bout d'une heure,
La p'tit' levrett' vient prendre l'air...
L'gmin l'empoign', prompt comm' l'éclair,
Et l'entrain' loin de sa demeure!

Il lui fit faire, à la Villette,
Connaissanc' d'un caniche affreux...
La levrette agit en levrette!
Ell' prit l'canich' pour amoureux.
Deux jours plus tard, dans la soirée,
Lâchée enfin par le gamin,
Ell' reparut faubourg Germain...
Mais elle était déshonorée!

Peu d'temps après, ell' mit au monde,
Non sans quelques douleurs de reins,
Six cabots d'un' laideur immonde,
Bâtards, p't-êt' même adultérins!..

Mais l'plus bath de l'historiette
C'est qu'la marquis', tout récemment,
A pris son cocher pour amant,
Histoir' d'imiter la levrette!

Et voilà l'histoir' du gamin,
Du gamin et de la levrette!
Quel triomphe pour la Villette!
Quel deuil pour le faubourg Germain!

L'ANDERLIQUE DE LANDERNEAU

OU

LE PRÉJUGÉ TRIOMPHANT

(LÉGENDE BRETONNE)

A Landerneau, en Bretagne,
Il était un vidangeur
Qui n'avait pas de compagne
Et cherchait une âme sœur.
I' n'ramassait la matière
Qu' chez les ducs et les marquis
A caus' que sa bonbonnière
Possédait un chic exquis...

C'était un' tonn' pas mouchique,
C'était un girond tonneau,
L'anderlique, l'anderlique,
L'anderliqu' de Landerneau!

Vidangeant dans un' famille
Qui comptait des mass's d'aïeux,
Il aperçut la jeun'fille
Qu'allait justement aux lieux.
A l'instant, il s'éprit d'elle;
Il revint; il lui parla...
Le fifi plût à la belle;
Un même feu les brûla !

Chaqu' soir — c'était idyllique —
Passait devant le château,
L'anderlique, l'anderlique,
L'anderliqu' de Landerneau !

Un beau matin, dès l'aurore,
Le vidangeur tout tremblant
Au pèr' qui dormait encore
Alla d'mander son enfant...
Mais, plein d'préjugés étrange',
Le pèr' dit : « Loin d'moi ! bien loin !
Mett' ma fill' dans la vidange ?
J'n'en éprouv' null'ment l'besoin !

Je n'veux pas — et je m'en pique —
Orner d'mon blason si beau
L'anderlique, l'anderlique,
L'anderliqu' de Landerneau ! »

L'vidangeur, la mort dans l'âme,
Sentit qu'par les préjugés
De ce pèr' vraiment infâme,
Ses jours d'vaient être abrégés...
Il ouvrit sa bonbonnière
Où l'espace apparaissait noir,
Et, la tête la première,
S'y jeta de désespoir.....

Destiné mélancolique,
Cet amant eut pour tombeau
L'anderlique, l'anderlique,
L'anderliqu' de Landerneau !

Mais l'amant défunt se venge...
Car dans l'manoir depuis lors,
Chaque nuit, des sons étrange'
Roulent dans les corridors...
On reste pâl', sans haleine,
En entendant tout à coup
Comm' le bruit d'un' voiture' pleine
Qui se vid'rait par un bout !

On entend, chose' fantastique !
Dans les couloirs du château,
L'anderlique, l'anderlique,
L'anderliqu' de Landerneau !

RÉCIT ÉPIQUE

(A L'INSTAR DE FRANÇOIS COPPÉE)

Julés, fils de Michel, est vidangeur.
Son père
Fut ce grand bernatier qui, trente ans (j'obtempère
A la simplicité lorsque je dis trente ans,
Car la grandeur de l'œuvre implique un plus long
[temps),
Vidangea tout, — palais, maison bourgeoise, bouge,
— Dans le pays qui va de Montmartre à Montrouge.
Passé maître en son art, quoiqu'il fut compagnon
Seulement, il fut sobre, et dinaît d'un oignon.
A la Villette on garde encore sa mémoire;
Quand on parle de lui, le parfum de sa gloire
Embaume les discours de ceux qui l'ont connu.
Ce rude travailleur eut un cœur ingénu ;
Quelle âme échappe aux doux sortilèges des roses,
Aux poèmes que Dieu met dans toutes les proses,
A l'aube, à la chanson éternelle de mai?
Il aima follement, et, se croyant aimé,
Le pauvre homme donna son nom à sa maîtresse.
Mais l'âme de la femme est une âme traîtresse,
A qui la fraude est chère et le mensonge doux;
Et quand elle reçoit les baisers de l'époux,

Elle ne comprend rien à l'ardeur qui l'inspire.
Bref, Michel fut cocu, merde ! il faut bien le dire,
Du moins il eut un fils, Jules, auquel, songeur,
Il inculqua l'austère état de vidangeur.
Cet enfant ne fut pas de ceux qu'un père gâte,
Et, tout petit encor, mit la main à la pâte.
Mais quel orgueil emplit le cœur du bernatier
Quand il vit que l'enfant mordait vite au métier.

Le temps passa. Michel sentit sa fin prochaine,
Il appela son fils et lui fit jurer haine
Et mépris pour le sexe exécrable et charmant ;
Puis mourut.

Jules fut fidèle à son serment.
Il vécut seul, fuyant la femme ingrate et fausse.
Déjà vieux, il penchait son âme vers la fosse,
Et semblait un taureau fatigué de labour.

Un soir, il vidangeait dans le Noble Faubourg.

Faubourg, — soit. Pourquoi : noble, — alors que cette [terre
Respire uniquement l'inceste et l'adultère,
Et que le crime étend sur elle son linceul
Funèbre ?

Cependant Jules vidangeait, seul.
La fraîcheur de la nuit venait baiser ses tempes.
Son œil allait des toits où scintillaient les lampes
Que les vierges du peuple, au cœur humble et vaillant,
Allument chaque soir devant elles, — veillant
Pour gagner leur trousseau de noces et leurs voiles —
A la fosse, où dansait le reflet des étoiles.

A fleur du gouffre obscur et liquide à demi,
Soudain il aperçut un enfant endormi.
Pur sommeil ! C'est ainsi qu'en son berceau, Moïse,
— Qui, malgré Pharaon, vers la terre promise,
Devait un jour guider les pas du peuple hébreu, —
Exposé sur le Nil, dormait sous le ciel bleu.
L'abandonné voguait sur la fosse profonde.

Jules flaira sur l'heure un forfait du grand monde :
Quelque orgueilleuse dame, à l'antique blason,
Avait là, dans les lieux de sa propre maison,
Jeté ce misérable enfant !...
Qu'allait en faire
Jules ? Il l'aurait pu porter au commissaire.
Mais, rempli de dédain pour la société,
Il leva ses regards vers l'azur, moucheté
De l'or éblouissant des étoiles sans nombre,
Et cria dans le vent, dans la fosse et dans l'ombre :
— O mon père ! j'étais solitaire ici-bas :
Aucun but ne s'offrait au hasard de mes pas ;
Je n'avais point d'amour et j'ignorais la joie ;
Mais, grâce à l'orphelin que le destin m'envoie,
Je sens enfin, le cœur frissonnant de plaisir,
Une paternité sublime m'envahir !
Alors, tranquille ainsi qu'un marin sur son lougre,
Il adopta l'enfant et en fit un bon bougre.

FINALE PANACHÉ

HOROSCOPE

Malgré les larmes de ta mère,
Ardent jeune homme, tu le veux,
Ton cœur est neuf, ton bras nerveux,
Viens lutter contre la chimère !

Use ta vie, use tes vœux
Dans l'enthousiasme éphémère,
Bois jusqu'au fond la coupe amère,
Regarde blanchir tes cheveux.

Isolé, combats, souffre, pense ;
Le sort te garde en récompense
Le dédain du sot triomphant,

La barbe auguste des apôtres,
Un cœur pur, et des yeux d'enfant
Pour sourire aux enfants des autres.

PHILOSOPHIE

Je suis un pauvre bougre et je m'en contrefiche.
Ça doit être souvent emmiellant d'être riche.
D'abord, dès [illegible] jeunesse, ayant toujours été
Un douillard, être pris par la satiété,
Et, comme on peut avoir tout ce que l'on désire,
S'apercevoir qu'en soi le désir même expire,
Et que, dans votre cœur lassé, blasé de tout,
Il ne vous reste rien qu'un immense dégoût;
— En un mot se sentir vieux à vingt ans, à trente
Caduc, et n'adorer qu'une chose : la Rente;
— N'avoir d'autre souci, tant on est cousu d'or,
Que d'acheter pour vendre et racheter encor; —
— Ne connaître jamais la circonstance heureuse
De la dèche battue avec une amoureuse
Qui montre, en éclatant d'un beau rire argentin,
Sous sa robe de laine une peau de satin,
Qui ne vous compte pas les baisers, et grignote
Du pain dur, sans que ça lui casse une quenotte;
Mais être condamné, jeune aussi bien que vieux,
Au rôle peu flatteur de miché sérieux,
Et quand, vous jurant une éternelle tendresse,
Une belle petite avec art vous caresse,

Toujours songer, pour peu qu'on soit intelligent :
« Je suis gobé, mais c'est, hélas ! pour mon argent.
Non pour moi-même; » puis, douter des mains qu'on
[serre,
A tous les compliments se dire : « Est-ce sincère ? »
Et, lorsque quelqu'un vous attribue un bon mot,
Penser : « Si j'étais pauvre on me trouverait sot ; »
— N'avoir que des flatteurs et que des pique-assiettes
Ayant chez vous, comme au restaurant, leurs serviettes,
Et qui, venus afin de faire un bon repas,
Vous encensent tout haut et vous bêchent tout bas;
— Et, comme vous n'avez jamais eu de maîtresse
Véritable, si votre humeur un jour vous presse
De prendre femme, au lieu de pouvoir en choisir
Une qui soit vraiment suivant votre désir,
Une que vous trouviez douce, aimable et gironde,
Pour ne pas être mis à l'index par le monde
Marier vos écus avec d'autres écus,
Et, forcément, grossir le nombre des cocus.
Ou faire tout au moins un très mauvais ménage ;
S'il vous vient des enfants, les voir, dès leur jeune âge,
Comme s'ils avaient un stigmate originel,
Et se livrer à la paresse, à la débauche.
Se corrompre au contact du quibus paternel,
Sachant bien que quand vous passerez l'arme à gauche,
Ils trouveront de quoi rigoler amplement ;
Vieillir ainsi, dans un atroce écœurement,
Plein de mépris pour les hommes ; enfin, quand l'heure
Vient, quand vous comprenez que, malgré votre beurre,
Faut vous en aller dans la boite aux dominos

Pioncer *ad æternum* comme les camaros,
Se dire amèrement que les larmes versées
Autour de vous sont des larmes intéressées,
Et que vos héritiers qui sanglotent si fort,
Sollicitent le ciel de hâter votre mort,
— Toutes ces choses sont peu farces.

Je préfère
De beaucoup n'être qu'un pauvre homme et, sans me [faire
De bile, turbiner et vivre au jour le jour,
Mais ne pas ignorer l'amitié ni l'amour;
Boire de temps en temps avec un camarade;
Dans les bois de Clamart faire une promenade
Avec une pierreuse à qui ça fait plaisir;
Et, si jamais je prends une femme, en choisir
Une qui sur le dos porte sa garde-robe
Tout entière, mais qui me gobe et que je gobe;
Et, si j'entends chigner pendant ma crevaison,
Etre certain que c'est des larmes pour de bon. . .

Bref, je ne porte guère aux gens riches envie;
Et les pauvres, gagnant péniblement leur vie,
Avec les plus braiseux ne voudraient pas changer,
S'ils étaient seulement sûrs de toujours manger.

BALLADE DU NEZ DU PAUVRE

Marmiteux, honteux d'être né,
Rongé d'ennuis et de vermine,
Au hasard le gueux suit son nez.
Malgré soucis, pluie et famine,
Ce nez, à l'œil qui l'examine,
Brille d'un ardent coloris,
Car la traître brise enlumine
Le nez du pauvre de Paris.

Nez scandaleux, nez consterné,
Pour la foule qui l'incrimine,
Il a l'air d'un nez aviné
Que l'amour du litre domine.
On le condamne sur sa mine,
Et la douleur d'être incompris
Rougit encor, de sa carmine,
Le nez du pauvre de Paris.

Tel, appendice enguignonné,
Qu'un coryza lugubre mine,
Sous les coups du sort acharné
Qui lui crie : Hue! et l'extermine,

Le long des murs ce nez chemine,
Plus douloureux qu'un panaris.
Un glaçon, l'hiver, le termine,
Le nez du pauvre de Paris.

ENVOI

Pauvres bougres qu'on abomine,
La mort vous creuse des abris ;
La mort rendra blanc comme hermine
Le nez du pauvre de Paris.

PAYSAGES PARISIENS

I

LA NEIGE

La neige a tapissé Paris. — Ça m'a botté.
D'abord la neige, à voir, c'est de toute beauté.
Le matin, Paris semble un immense fromage
A la crème. C'est un coup d'œil girond. Dommage
Que, sur cette blancheur sans tache, les passants
Innombrables et qui s'en vont dans tous les sens,
De chacun de leurs pas laissent en noir la trace.
La neige est agréable à marcher. L'eau vous glace;
Mais pas la neige et quand le froid pince trop sec,
On peut se réchauffer les patoches avec.
La neige enfin sera toujours par moi chérie,
Car elle me procure un brin de rêverie,
Et fait défiler, comme en songe, sous mes yeux,
Des tas de souvenirs, pénibles ou joyeux.

Je me souviens d'abord du temps où j'étais gosse.
Quand il avait neigé dans la nuit, quelle noce !
Ah ! les moutards... Comme on rigolait en sortant
De l'école ! Fallait voir : c'était épatant.
On se livrait, malgré les sermons inutiles,
Une bataille avec de neigeux projectiles;

Et quels rires, quand, par mégarde, et quelquefois
Par malice, on tapait sur le pif d'un bourgeois !...
Et puis, je vois passer devant moi la figure
De ma fraline Berthe, une enfant blonde et pure,
Si blanche que son corps semblait être pétri
Dans de la neige... Un gueux, un salaud, un pourri,
— étudiant douillard ou vil gommeux, n'importe ! —
La séduisit et nous l'enleva. — Berthe est morte
Pour moi, grâce au contact du riche malfaisant;
Et son âme candide est salie à présent.
Neige que des souliers boueux ont piétinée ! —
Filles pauvres, ainsi c'est votre destinée
De servir d'instruments à d'immondes plaisirs.

. . . .

Je trouve dans la neige encore maints souvenirs :
Noces, enterrements, gaîtés, douleurs...

La neige
Enfin me fait penser aux jours tristes du siège ;
Et je donne une larme à mes vieux camaros,
A tous les braves gens qui laissèrent leurs os
Sous Paris, pour la France et pour la République.
Ils allaient troupe allègre, et pourtant famélique ;
Ils marchaient le front haut, gaîment, l'air martial ;
Ils tressaillaient de joie à l'appel du brutal ;
L'amour de la patrie emplissait leur pensée:
Ils dorment maintenant sous la terre glacée.

II

LE COUCHANT

Paris a des couchers de soleil bien à lui.
Ceux qui vivent ployés sous un pesant ennui,
Souvent, pour oublier un instant leurs misères,
Vont sur le pont des Arts ou le pont des Saints-Pères
S'accouder ; et leurs yeux se tournent du côté
De Neuilly ; cependant qu'au fond de la cité
La brume du soir grimpe aux tours de Notre-Dame.
Ils voient à l'horizon se dérouler la gamme
Radieuse des tons rouges...

Mais le Soleil,

Globe de pourpre dans cet Océan vermeil,
Leur semble être le cœur de la triste Nature,
Qui, tout à coup, reçoit la grande flèche obscure
Du Sort, palpite encore une ou deux fois et sent
De sa blessure, à gros bouillons, couler du sang !

CROQUIS

Cette mendiante farouche,
Adossée à l'angle d'un mur,
Contemple un morceau de pain dur
Avant de le mettre à sa bouche.

Pour elle, pauvre, ou pour un chien
Cette croûte, aumône bourrue
Du hasard, gisait dans la rue;
Cette croûte vaut mieux que rien.

D'ailleurs Midi flambe et l'inonde. —
— Car Midi luit pour tout le monde. —
Il étale un rayon vermeil

Sur ce pain; et la vagabonde,
Dans un flot de lumière blonde,
A l'air de manger du soleil!

L'AUMONE

On se croirait encore aux sombres jours du siège :
Même hiver âpre et sourd, même ciel affligeant.
L'espace enseveli dans un linceul d'argent,
Fait songer aux lointains glacés de la Norwège.

Sur le noir boulevard tout encombré de neige,
Pas une âme, excepté ce vieillard indigent
Que la fatigue assied par terre, et le sergent
De ville qui, de loin, surveille son manège.

En cercle, autour du vieux, sous les arbres chétifs,
Un vol de moineaux-francs pousse des cris plaintifs.
L'homme émiette une croûte avare, bise et dure,

Et tendrement, barbu comme un Père Eternel,
Il accomplit l'ouvrage oublié par le ciel :
« Aux petits des oiseaux il donne la pâture. »

DIMANCHE DE PAUVRES

Avec son bourgeron des jours de fête, l'homme
S'en va d'un pas allègre, et sa femme, économe,
Heureuse, fredonnant à mi-voix un refrain,
Marche appuyée au bras qui lui gagne son pain.
Un bambin blond, perché sur l'épaule du père,
Raconte de là-haut, avec un grand mystère,
Une histoire à l'aîné, rieur, quoiqu'un peu las,
Qui, d'une main traînant un rameau de lilas,
Est accroché de l'autre aux jupes de sa mère.

A ces gueux, pour un jour, la vie est moins amère ;
Les enfants ont couru le long des verts sillons;
Le plus petit connaît enfin les papillons;
L'épouse, comme au temps de sa coquetterie,
A voulu consulter les fleurs de la prairie ;
— Même un bourgeois constate avec sévérité,
En observant de loin le pauvre détesté,
Dont le plâtre en poussière ou le feu de la forge,
Durant l'âpre semaine a desséché la gorge,
Qu'un peu de l'humble vin cher aux laborieux
Lui chante dans le cœur et sourit dans ses yeux.

Certe, un pareil délit confond l'intelligence!
Eh! bien, moi, je me sens tout rempli d'indulgence,
Je le contemple avec des regards attendris,
Le visage vaillant de mon frère un peu gris,
Qui, demain avant l'aube, ayant repris sa chaîne,
Paîra son vin d'un jour de six longs jours de peine;
Je songe à sa vieillesse, à son avenir noir,
Pendant que, s'effaçant dans les vapeurs du soir,
Le groupe disparaît, la robe à fleurs, la blouse,
Les petits tabliers; et que la nuit jalouse
Met un terme au plaisir furtif des malheureux,
Les remporte dans l'ombre; — et qu'au loin, derrière eux
Se couche lentement le soleil des dimanches,
A l'autre bout du ciel, entre les maisons blanches.

DÉMÉNAGEMENT

C'est le terme. Au pavé, les gueux. Bon débarras !...

Empile vivement dans la charrette à bras
Ton poussier disloqué, tes deux chaises de paille,
Tes poëlons, tes outils, tes guenilles, canaille,
Et file ! fous le camp tout droit, sans savoir où.
Cherche si le hasard te garde encore un trou
Suffisamment hideux pour servir de tanière
Aux tiens, en attendant le trou du cimetière.

L'homme est dans les brancards. L'aîné, le moins chétif
Des petits, va derrière : il surveille attentif
L'équilibre branlant des haillons de famille.
Et, quelques pas plus loin, un gosse qui sautille
A côté de la mère, admire gravement
Le trésor qu'elle porte avec recueillement
Sous un globe, idiote et touchante relique :
— Sa couronne de fleurs d'oranger symbolique.

LES MAÇONS

Devant une maison, au quatrième étage,
Un maçon est monté sur un échafaudage,
Insouciant, tranquille et sifflant un refrain.
L'homme travaille avec sa truelle à la main;
Son auge est à côté de lui, pleine de plâtre.

Être entre ciel et terre ainsi, — c'est peu folâtre.
Enfin, c'est le métier, n'est-ce pas ? qui veut ça.

Pour voir si son ouvrage est avancé déjà,
Voici que tout à coup l'ouvrier se recule.
Il pose à faux le pied; une planche bascule,
L'homme voit devant lui comme un rideau de feu,
Et tombe dans le vide, en criant « nom de Dieu! »

Le corps sur les pavés s'abat comme une masse;
Et l'on voit, hors de la tête qui se fracasse
Dans l'effroyable choc, la cervelle jaillir.
Quelques muscles pourtant font encore tressaillir
Cette chair, qui n'est pas tout à fait un cadavre.

La foule, que ce drame affreux consterne et navre,
Se rassemble; on relève, hélas! tant bien que mal,
Le mourant qu'à pas lents on porte à l'hôpital.

Pendant tout le trajet, péniblement s'exhale
De la poitrine ouverte et défoncée un râle :
Et, quand dans l'hôpital on va pour pénétrer,
On s'aperçoit que l'homme enfin vient d'expirer.
Il ne reste plus qu'à rapporter à sa femme
Son corps, d'os et de chairs broyés rouge amalgame.

Quelques heures plus tard, un second ouvrier,
Sur le même échafaud en train de travailler,
A repris la besogne interrompue. Il songe
Au sort du camarade et parfois son œil plonge
Dans l'abîme et regarde à quelle place, en bas,
L'autre est tombé.

Prudent, il prend garde à ses pas,
D'abord ; et puis le temps fuit sans mésaventure,
Et petit à petit le maçon se rassure,
Se sent plus brave... Il vient de laisser échapper
De sa main un outil : il veut le rattraper,
Il fait un mouvement brusque... et perd l'équilibre.

Un cri, — cri surhumain, — dans l'air déchiré vibre,
Et l'homme sur le sol est lancé lourdement.

La foule, autour de lui, forme un rassemblement :
Comme l'autre on le porte à l'hôpital, et comme
L'autre, pendant que l'on chemine, le pauvre homme
Agonise.

On arrive ; on le met sur un lit,
Respirant encor. — Mais tout son corps se raidit
Aussitôt. L'ouvrier pousse un hoquet suprême,
Puis expire.

Ainsi, deux victimes dans la même
Journée. Et cependant, demain, d'autres maçons
Devant cette maison, devant d'autres maisons,
Grimperont d'un pied leste et d'un cœur intrépide,
Sur leur échafaudage, et, séparés du vide
Par de minces planchers, mal fixés et peu sûrs,
Exposeront leur vie aussi, héros obscurs !
O rudes et vaillants garçons, je ne puis dire
Combien vous m'étonnez, combien je vous admire,
Vous qui donnez à tout le monde, incessamment,
Le spectacle d'un calme et simple dévouement ;
Vous à qui le péril semble chose vulgaire,
Et qui, récompensés par un mince salaire,
Bravez d'horribles morts, d'ignobles crevaisons,
Pauvres gens ! pour bâtir aux riches des maisons.

L'ANE

Un pauvre homme vivait avec un âne. L'homme
Etait un vieux tout blanc, et la bête de somme
Ployait sous le fardeau des ans, son dos pelé.

Ils parcouraient tous deux Paris, couple essoufflé,
Et l'on voyait passer leur maigre silhouette;
Le vieil âne traînait une pleine charrette
De copeaux — qu'on vendait au monde, ça et là —
Et le vieillard trotait auprès, cahin-caha.

Jamais le vieux n'avait frappé son âne, et même
Il le traitait avec une douceur extrême;
Et l'âne n'avait pas cet air navrant à voir
Que les ânes battus ont coutume d'avoir.

Je les vis un matin, boulevard Montparnasse,
Et je fus attendri de leur allure lasse.
C'était un clair matin automnal. — Il ventait
Fort, et l'âne, tout en trottinant, tremblottait.
Je regardais ces deux êtres avec tendresse,
J'aime le prolétaire humble, — que la détresse,
L'âge et le turbin ont usé, cassé, transi. —
Et l'âne, — l'âne étant un prolétaire aussi.

Or, des étudiants qui montaient vers Montrouge
Passèrent. Ils avaient nocé dans quelque bouge
Toute la nuit : cela se voyait aisément
A leurs chants avinés, à leur débraillement,
A leurs teints blêmes.

Ces jeunes gens en goguette
Aperçurent le vieux, et l'âne et la charrette,
Et leur coururent sus en poussant de grands cris.
L'âne s'arrêta court. — Le bon vieillard, surpris,
Ne dit mot, attendant l'événement ; et, comme
L'instinct rend l'animal plus clairvoyant que l'homme,
L'âne abaissa ses deux oreilles sur son cou :
Il sentait le danger...

En effet, tout à coup,
Ces jeunes gens, rendus mauvais par la biture,
S'allèrent accrocher derrière la voiture,
Qui bascula. Le pauvre âne au dessus du sol
Fut entre les brancards enlevé. Son licol
L'étranglait... Et bientôt son souffle devint râle ;
Vainement le vieillard suppliait, tremblant, pâle,
Affolé... Les loustics continuaient.

De loin
J'avais vu se passer ces choses, et, témoin
Indigné, je hâtais le pas pour aller dire
A ces étudiants à quel point ce martyre
D'une innocente bête était lâche et honteux,
Lorsque des ouvriers arrivèrent sur eux.
Les braves gens semblaient être un brin en riole ;
Mais l'ouvrier est bon même quand il rigole.

Ceux-ci, donc, avaient tout vu de chez un troquet.
Ils empoignèrent les jeunes gens au collet;
Ils cognèrent les plus récalcitrants; et, zeste!
La bande cavala sans demander son reste.

Le vieux aux ouvriers fit un remercîment;
Puis, lorsque son âne eut soufflé tranquillement,
L'homme et la bête, avec leur allure poussive,
Reprirent leur chemin.

Ainsi, peuple! il arrive
Que tes fils ignorants corrigent quelquefois
Les fils bien éduqués et cossus des bourgeois.

A LA BOURBE

Tout récemment, j'étais à la Bourbe, allé voir
Une fille, de qui chez un mastroc, un soir,
J'avais fait connaissance ; et je la vis, son gosse
Entre les bras.

Du temps qu'elle faisait la noce,
Jamais on n'aurait pu rencontrer, — c'est certain —
Paillasse plus cynique et plus rude catin...
Chose étrange : depuis qu'elle était accouchée,
On eût dit que son âme avait été touchée
D'un rayon, tant son front semblait illuminé,
Pendant qu'elle jouait avec le nouveau-né.
Elle riait (oh ! les doux enfants éphémères
Rendent pour un instant de la pudeur aux mères !)
Chastement, et quelqu'un, qui passait, ayant dit
Une parole un peu grossière, — elle rougit.

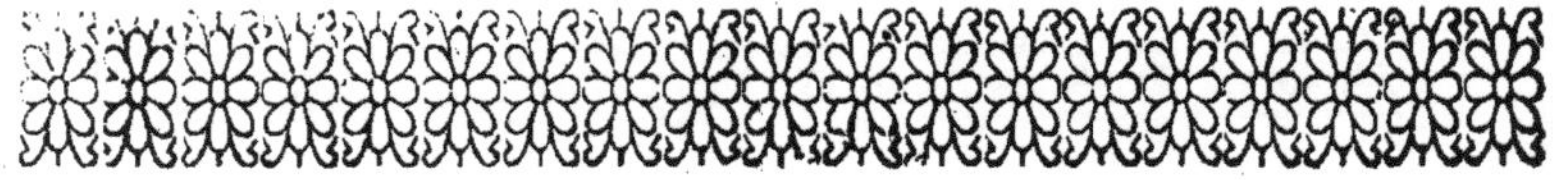

LE CONVOI

Pas un rayon là-haut. Ciel muet, fauve et morne.
Un brouillard lourd emplit les horizons qu'il borne.
En bas, la neige; et sur le chemin effacé,
Un corbillard de pauvre.
Au loin, dans l'air glacé,
Aussi profondément que le regard pénètre
La brume, on aperçoit la plaine de Bicêtre.
Or le *Champ de Navets* est par là.
Croque-morts,
Cocher, même la rosse endurcie à son mors,
Tous les noirs travailleurs de la sombre corvée,
Semblent impatients de la voir achevée;
Et tous se hâtent. Seule, une vieille qui suit
La voiture s'attarde; on dirait qu'il fait nuit
Pour elle. Elle est courbée et trébuche; elle a peine
A diriger ses pas. Un haillon brun de laine
Entortille sa maigre épaule, et sur son nez
Retombe, retenu dans ses vieux doigts fanés.
C'est la veuve: c'est tout ce qui reste en ce monde,
Hélas! d'une nichée en misères féconde...
Pauvre vieille! En suivant le funèbre convoi
D'un pas automatique et lent, elle revoit
Le cher tableau des jours enfuis. Son deuil la plonge
Dans la stupeur, et, tout en marchant, elle songe:

— Qu'est-ce qu'elle va faire ? Eût-on jamais pensé
De la sorte finir un destin commencé
Si doucement, à deux, là-bas dans la nature
Au village, quand pris d'une tendresse pure
L'un pour l'autre, ils s'étaient mariés sagement.
Quel ménage accompli c'était; quel couple aimant.
La semaine coulait calme et laborieuse...
Et comme il était fort, comme elle était joyeuse
Alors qu'il la prenait dans ses bras d'ouvrier,
Puis l'écartait de lui pour se faire prier
D'un baiser. Le bon temps! c'est passé comme un rêve...
Et puis les mauvais jours, le pain rare, la grève;
Les enfants qu'ils ont eus, sept, filles et garçons,
Pris par la guerre, ou la débauche, ou les prisons,
L'un après l'autre, allez! et puis la solitude:
Après qu'on a vécu tous ensemble, c'est rude.
Et puis plus de travail, le grenier, les hivers;
Et la dette; — et puis tout qui s'en va de travers;
Et puis... quoi? c'est fini!... Voilà que le cortége
Est là-bas maintenant! Elle court, et la neige
Qui retombe l'aveugle... Ah! la voilà tout près,
Mais la course a brisé le fil de ses regrets;
Elle ne trouve plus en songeant à sa peine
Que trois mots : Mon bon Dieu! dans sa tête trop pleine.
— Mon bon Dieu, voilà tout. — Engourdie en son deuil
La misérable va le front près du cercueil;
Et rien ne lui répond, sous l'énorme ciel d'ouate,
Que les ressauts du mort trop maigre pour sa boîte.

LE NOUVEAU NÉ

Quand l'homme fut chassé du Paradis natal
Il erra par la plaine et sur le roc brutal,
Broutant l'herbe sauvage et s'abreuvant d'eau vive
Avec les animaux. Et la femme pensive
A ses côtés pleurant l'Eden évanoui,
Voyait, de jour en jour en un trouble inouï,
Devant ses pieds plus las fuir plus large son ombre.
Et c'est ainsi qu'après des angoisses sans nombre,
Eve, prise soudain de frissons inconnus,
Se coucha : la douleur étreignit ses flancs nus.
Adam vit s'accomplir à genoux sur la terre
Pour la première fois le sublime mystère.
Il leur vint un enfant. Et l'ayant dans leurs bras
Tour à tour, tous les deux se sentirent moins las.

Or, tandis qu'ils erraient de nouveau dans les plaines,
Le Dieu d'alors, avec ses passions humaines,
Se prit à regretter son œuvre de beauté,
La plus pure, la Femme ; et s'étant présenté
Tout à coup devant elle, à ses yeux seuls visible,
Enveloppé de foudre, adorable, terrible
Il lui dit : Quitte l'homme et reviens près de moi
Je veux rouvrir ton âme à l'éternel émoi
Des extases, donner mes aurores pour voiles
A ta chair, et semer tes cheveux blonds d'étoiles,

Et — faisant apparaître aux regards éblouïs
De la Femme, l'Eden, plein de chants inouïs,
Où des anges charmants passaient les formes blanches,
Où la joie et l'azur croûlaient en avalanches,
Il ajouta :

Choisis ou de l'humanité
ur la terre ou du ciel pendant l'éternité,
Du Dieu qui t'a créée et qui t'a faite belle,
Ou de l'homme chétif, éphémère et rebelle
Qui te souille.

Elle, pâle, et le front incliné,
Regardait, hésitant...

Soudain, le nouveau-né
Fit entendre son doux cri d'enfant. Alors, Eve
Tressaillit, comme on fait lorsque s'envole un rêve ;
Et, levant ses yeux pleins de larmes, un moment
Contempla le divin séjour, le firmament
Radieux, le cristal des eaux, les champs de roses,
Les fruits d'or, la splendeur ineffable des choses,
Le lumineux éther, l'azur jamais terni,
Et les astres bercés dans un rhythme infini,
Et Dieu lui-même ; puis répondit :

— Je préfère
Celui qui m'a donné la gloire d'être mère.

LA PORTE DE PARIS

Le premier jour de mars, l'an mil huit cent soixante
Et onze, la patrie étant agonisante,
Deux cavaliers prussiens, deux clairons allemands,
Cheveux jaunes, reins lourds, soldats des régiments
D'avant-garde massés en haut de Courbevoie,
Poussèrent leurs chevaux au milieu de la voie
Qui s'étend vers Paris : puis, redressant le cou,
Et la face gonflée, ensemble tout à coup
Soufflèrent, pour aider les autres à les suivre,
Je ne sais trop quel air fanfaron, dans leur cuivre.
Au signal, escadrons, cuirassiers blancs, uhlans,
Canonniers, dragons bleus, fantassins, à pas lents,
Ceux de Hesse et de Saxe, et ceux de la Bavière,
Tous les mangeurs de porc, tous les buveurs de bière,
S'ébranlèrent, pesants. On vit leurs bataillons
Tour à tour défiler sous les pâles rayons
Du matin, et vers l'Arc triomphal de l'Etoile,
Que la brume à cette heure enveloppait d'un voile,
Prodigieux témoin qui hausse jusqu'aux cieux,
Sur ses flancs de granit, le renom des aïeux
Et fait un seuil de gloire à l'immortelle ville,
Ils allaient lentement. — Ils étaient trente mille.

Sous le portail géant, des enfants attendaient.

Les petits de Paris, comme s'ils répondaient
A quelque vœu suprême et que seule entend l'âme,
Amaigris, résolus, gardant du siége infâme
Les haillons à l'échine, aux yeux le feu des pleurs,
Hélas! et sur des fronts de douze ans, les pâleurs
De cinq mois de famine et de rancœurs accrues,
S'étaient mis dès l'aurore en marche par les rues.
Descendant les faubourgs, par un, par deux, par trois,
Longeant les quais déserts, touchant du front parfois
Les longs drapeaux de deuil suspendus aux fenêtres,
Ils étaient venus là, tous les pauvres chers êtres;
Ils attendaient, debout. — Ils étaient bien trois cents.
Trois cents ! Les plus âgés à peine adolescents.
Devant eux, l'ennemi ; derrière eux, le silence;
Et le brouillard partout, comme un linceul immense...

Et voilà que du sol monte en sourds grondements
Comme un râle dans l'air. Ce sont les Allemands ;
Ils approchent.
Soudain, désespérée, aiguë,
Jaillit une clameur : tout ce que sait la rue
De malédictions, d'injures et de cris,
Toute l'âme en fureur des pavés de Paris.
Tragique, véhémente, intrépide et difforme.

Le bataillon chétif huait l'armée énorme...

Or, l'un des chefs, celui des Prussiens triomphants
Qui venait le premier, voyant tous ces enfants
Immobiles, barrant le passage de gloire,
Poussa violemment contre eux sa jument noire,
Et l'animal superbe en ses harnais guerriers,
Et le soldat farouche aux regards meurtriers
Semblaient ne faire qu'un, cavalier et monture.
Et le centaure était d'effrayante stature.

Alors l'un des petits fit face à l'officier.
Un gamin qui semblait fort peu se soucier
De vivre vieux. C'était, si j'ai bonne mémoire,
Le fils d'un de ceux-là qui rêvent la victoire,
Endormis pour toujours aux champs de Buzenval.

L'enfant frappa du poing les naseaux du cheval.

Et l'Allemand, tandis que sa bête se cabre,
Se retourne, la main sur le pommeau du sabre,
Et, mécaniquement, sans paraître étonné,
Interroge quelqu'un...

Un ordre fut donné.
Par qui ? Je n'en sais rien. Fut-ce pitié ? clémence ?
Fut-ce compassion pour un désastre immense ?
Ou crainte de jeter les suprêmes défis
A ceux dont la vaillance enfantait de tels fils ?
Je ne sais ; mais enfin cette horde barbare,
Ces noirs clairons sonnant leur altière fanfare;

Ces durs soldats, rompus, ô Guerre! à tes travaux,
Ce tourbillonnement d'hommes et de chevaux
Que précède aujourd'hui la victoire fantasque,
Tous ces peuples, Prussiens aux fronts coiffés du casque,
Wurtembergeois, Saxons, Badois et Bavarois,
Ce tas de tout-puissants, d'égorgeurs et de rois,
Renonçant à franchir la porte inviolée,
Firent un demi-cercle, et, par la longue allée,
Soulevant au passage un nuage poudreux,
Disparurent, troublés de laisser derrière eux,
Sous l'arche du Passé, pareille à l'Espérance,
Indomptée et debout, la marmaille de France!

AU POÈTE

Boulevard d'Eylau.

Lorsqu'au soir, écœuré de réalisme immonde
Et de naturalisme obscène, d'art brutal,
En écoutant gronder, sur un rhythme fatal,
Et l'invincible Doute et l'Angoisse profonde,

Je vais vous saluer, Maître qui, comme une onde
Incessamment plus vive et d'un plus pur cristal,
Aurez versé l'Espoir, en longs flots d'Idéal,
Pendant un siècle entier dans les veines du monde;

Alors que plus léger d'ennuis, d'un pied plus sûr,
Je marche ainsi vers vous sous le nocturne azur
Qui confond terre et cieux ensemble dans ses voiles,

Il me semble parfois que le boulevard bleu,
Bordé de becs de gaz est un chemin d'étoiles...
Et que celui chez qui je vais, — c'est le bon Dieu?

TABLE

OUVERTURE

INTERMÈDES

ANERIES SENTIMENTALES

REPRISE DE GUEULE

FINALE PANACHE

PARIS. — IMP. C. MARPON ET E. FLAMMARION, RUE RACINE, 26.

www.ingramcontent.com/pod-product-compliance
Ingram Content Group UK Ltd.
Pitfield, Milton Keynes, MK11 3LW, UK
UKHW021109260726
13994UKWH00002B/795

9 782329 172071